Les mémoires

d'un singulier buffet

Michèle DANIEL CAPRA

Les mémoires

d'un singulier buffet

2020, Michèle DANIEL CAPRA

Édition : BoD-Books on Demand

12/14 rond-point des Champs-Élysées 75008

PARIS

Impression : Book on Demand GmbH

Nordersted, Allemagne

ISBN : 97 82 32 22 56 204

Dépôt légal : Novembre 2020

«On se fée tout le tems disputer, on ne nous écoutent jamais, on ne peux pas rigolé quand on veux, on doit se coucher trop taux, on ne peut pas mangé de chocollat au lit, il fôt toujours qu'on se brosse les dants : on en a assez des grands, on s'en vat. On vous lesse !»

«Les zenfants»

Philippe CLAUDEL

Le monde sans les enfants.

1

Le Commencement

Une immensité à perte de vue avec d'innombrables nuances de vert...

A la surface de l'écorce terrestre, une vie fourmillante, une perpétuelle agitation : à longueur de journée et de nuit, des grattements, bourdonnements, piétinements, feulements, craquements, hululements...

Par-dessus, des effluves d'humus, de mousse, de feuilles mortes, de champignons...

Dans la forêt exubérante, moi, le vieil arbre au tronc solide et au feuillage protecteur, je prends soin de tous ses hôtes.

Mais un jour, le fracas régulier d'une hache coupe court à mon existence bucolique : *oh ! Peuchère !* Je retrouve toutes mes branches sur le sol !

Débité en morceaux, moi, le feuillu, j'attends au bord du chemin forestier : un camion brinquebalant, le chargement rapide de mes billots, mon arrivée dans une scierie, mes rondins entassés pêle-mêle dans un coin...

Au milieu des troncs anonymes, un ébéniste me reconnaît pour mon bois souple, léger, résistant : moi le chêne qui suis à terre, je vois se profiler à l'horizon ma deuxième vie.

En l'an 1951, au cœur d'un proche village provençal, l'hiver est fort rigoureux.

Un matin froid, une matrone au verbe haut et aux formes opulentes se décide à pousser la porte du modeste atelier de l'ébéniste expérimenté.

-«Madame... Bonjour ! dit l'artisan.
-«Bonjour monsieur ! Écoutez! J'ai une table en chêne qui me vient de ma mère, je voudrais un buffet pour aller avec : c'est possible ?» interroge la femme.
-«Oui ! Aucun souci ! On regarde ensemble quel modèle vous voulez...» répond l'homme.

Après s'être mis d'accord sur la forme et la teinte, l'artisan chevronné propose :
-«Je peux vous le faire pour dans six mois, ça ira ?»
-«Oui d'accord, mais si on discutait du prix d'abord ?» réplique la femme déterminée.

A la suite d'âpres négociations, la matriarche lui commande un bahut constitué d'une partie haute et d'une partie basse : un plateau en marbre, un miroir biseauté, cinq portes et deux tiroirs complètent le tout.

Ainsi, dans la poussière et le bruit, je prends peu à peu forme entre les mains habiles de mon créateur qui monologue :

-«Maintenant, je vais le raboter, le poncer, le vernir jusque dans les moindres recoins ! J'ai envie qu'il soit parfait !!!»

Je fais le *bulou* :

-«*Vé* ! Regardez-moi bien ! Je suis le plus beau !

N'est-ce-pas que je suis le plus beau ?»

Mon chef me donne un dernier coup de patine pour mon premier voyage prévu le lendemain à l'aube.

Je bougonne :

-«Oh! Non ! Je veux pas partir ! Je veux piétiner les copeaux, percevoir le bruit du rabot, humer l'odeur du bois coupé, m'extasier devant les mains expertes de mon maître...

Mèfi ! Je partirai pas ! Je resterai ici ! »

Sans prêter attention à mes vaines supplications, mon artisan chevronné, maître-ébéniste, part sommeiller après son éprouvante journée de travail.

2

Quelque part en

Provence

Le matin suivant, moi, le buffet chagriné, je suis trimbalé dans une camionnette crasseuse.

Au bout d'un chemin de terre, une bâtisse écrasée par le soleil se prolonge sur le devant par une tonnelle ombragée recouverte d'une vigne retombante.

Sur le côté, un garage ouvert laisse entrevoir un établi, une bétonnière, des sacs de ciment. Au fond de la propriété, une rangée de roseaux sauvages tient compagnie à un ruisselet.

Dans la cour, sous un vieux figuier, le propriétaire, puisatier de son état, sa casquette à carreaux vissée sur son visage tanné, examine de ses yeux pétillants de malice la fourgonnette croulant sous le poids du meuble.

Exténué, je ronchonne :

-«Oh ! La, la, la, la, la , la, la! Ces mouches virevoltantes, ces odeurs entêtantes, ces cigales stridulantes, ce *cagnard* accablant, j'en ai vraiment marre ! »

Grâce à un escalier extérieur, je suis difficilement hissé au premier étage. En pénétrant dans la pièce principale, une dégoulinade en cascade me fait sursauter : un rideau en corde rythme ainsi chaque passage. Dans la cuisine, une douce quiétude me laisse bouche bée !

Tapie au fond, une horloge martèle imperturbablement les heures. Sur la cuisinière à bois, un pot-au-feu au fumet délicieux mijote. Monté sur un simple placard, un évier en pierre occupe un autre angle. Au beau milieu, une table rectangulaire en chêne se détache : elle sera ma complice !

Je découvre mes futures missions :
-«*Boudïou* ! C'est moi qui garde l'argenterie, les bocaux stérilisés et, tel un butin dans mes entrailles, les boîtes en fer blanc remplies d'espèces sonnantes et trébuchantes !»

Dans cette demeure, avec le grand-père affectueux, la grand-mère rencontrée chez mon maître-ébéniste, le fils insouciant (leur troisième enfant), je passe les cinq plus belles années de mon existence aventureuse.

L'été, l'homme se lève aux aurores pour s'occuper de ses terres avant de partir sur son chantier, savoure quelques tranches de pain aillé, sirote son premier verre de gros rouge qui tâche. Dans le matin tranquille, je devine les pensées secrètes du vaillant travailleur. Encore ensommeillée, ses barrettes à la main, la femme surgit, le chignon à moitié défait. Avec une détermination farouche, mes portes et tiroirs sont ouverts et refermés sans ménagement. Tous les jours que le Bon Dieu a fait, la matriarche m'époussette avec une énergie débordante. Malgré la rudesse de ses soins, je traverse le temps sans encombre.

Les dimanches soirs, quand le Pépé rentre beurré du Café du Commerce, j'entends, à mon grand regret, sa bourgeoise qui lui chante Manon !

-«*Vé* ! Ivrogne, bon à rien, toujours dans les vignes du Seigneur ! T'as pas honte de manger l'argent du ménage ?»

Quand le lendemain les copines de la grand-mère se retrouvent devant leurs verres de café, elles ne se privent pas pour déverser un chapelet de reproches envers leurs hommes.

Du haut de mes deux mètres, que n'ai-je entendu comme pieux mensonges, aventures, anecdotes, *carabistouilles !*

De temps en temps, une de leurs petites-filles peuple la campagne de ses rires d'enfant.

Je l'observe :

-«Oh ! Mais qu'est-ce-qu'elle est jolie, la petiote !

Et vas-y que je coure de partout, vas-y que je me précipite dehors le petit-déjeuner à peine avalé, vas-y que je rentre boire le grand verre de limonade préparé par la Mémé, vas-y que je ressors aussi sec pour courir après le chien ratier, vas-y que je *tourne-vire, vire-tourne...*Comme elle a l'air heureuse, la pitchounette !»

Le soir, la minette accueille son grand-père en lui tendant les bras. En la mettant sur ses épaules, le Pépé aux anges la balade en oubliant sa propre fatigue.

Quand il la prend sur ses genoux, c'est pour lui dire :

«Ma pitchoun, regarde bien !»

Il lui montre fièrement l'épaisse corne sous ses pieds : en effet, quel que soit le temps, il marche nu-pieds toute la sainte journée !

Plus tard, la fillette écarquille les yeux devant la ceinture de flanelle grise enserrant les reins endoloris de son grand-père.

Je m'extasie :
-«Oh ! Elle est épanouie, la minette aux cheveux noir corbeau, au teint mat, au regard espiègle !»

A l'heure des repas, de nombreux sujets -du plus futile au plus grave- me parviennent aux oreilles : le temps du lendemain, la pousse des arbres fruitiers, les raviolis à préparer, les problèmes de santé du fils, la bétonnière en panne, le barrage nouvellement construit, les inquiétudes sur sa solidité, les petits-enfants qui viennent en vacances, la recherche pour eux d'une maison à louer dans l'arrière-pays...

3

Les Grandes Vacances

Au cours de l'été, la fille cadette de mes aimables maîtres -la mère de la brunette- vient passer trois mois dans une localité proche de l'Estérel.

Bien malgré moi, je suis obligé de la suivre.

De tempérament plutôt casanier, je quitte en maugréant le plaisant foyer de mes premières années, foyer que, sans le savoir, je ne reverrai plus.

Je me retrouve dans un vulgaire camion au milieu de meubles inconnus et quelque peu dédaigneux. J'ai envie de voir *dégun* ! Désenchanté, je me cale tristement dans un renfoncement poussiéreux.

Sous un soleil de plomb, le véhicule peine à grimper la route sinueuse menant à ce village haut perché.

A l'arrivée, un spectacle époustouflant s'offre à mes yeux éblouis : d'immenses champs de jasmin entourent cette cité fortifiée aux venelles pavées, aux bâtisses serrées en blocs compacts autour du château, au minuscule cimetière cerné de résineux verts pointés vers le bleu firmament.

Face à cette bourgade du bout du monde, je suis ravi :
-«Oh, *fan de chichourle* ! »

La ruelle est si étroite qu'elle se révèle impraticable en voiture : je finis ma course à dos d'homme. A moi tout seul, je suis une attraction !

24

Les *ficanasses* écartent les rideaux, les vieilles jacassent sur les pas de porte, les mômes chahuteurs nous escortent, les chiens aboient sans discontinuer, les vieillards appuyés sur leurs cannes nous dévisagent.

Accroché de chaque côté de la rue, du linge multicolore se balance négligemment au-dessus de nos regards étonnés...

La petite famille -la mère et ses quatre enfants- emménage au fond de cette impasse dans une maison de village devant laquelle trône un banc de pierre.

Quant à moi, je suis installé au rez-de-chaussée : la meilleure place pour observer les jeux enfantins !

Je réfléchis à voix haute :

-«Enfin ! Je vais les rencontrer, les diablotins ! Le blondinet qui ne marche pas encore, la brunette que j'apprécie, sa grande sœur blonde et l'aîné qui va sur ses huit ans. Quelle fine équipe !»

La tribu passe là des vacances remplies de fous-rires, de courses-poursuites, d'inventions de toutes sortes.

Sans surveillance, les bambins laissent libre cours à leur imagination dans cette voie sans issue du lever jusqu'au coucher du soleil.

Je me familiarise avec leur nouvel ami -un facteur- qui court la région pour apporter des télégrammes. Quand il cuit des fourmis dans une vieille poêle toute rouillée, les gamins hypnotisés ne le lâchent pas d'une semelle !

Le vieil original leur fabrique des tas de jouets en bois que je découvre avec ravissement le soir sur mon plateau en marbre.

En haut de ce cul-de-sac, l'ouvrage en pierre de taille les marque à tout jamais avec sa margelle, son robinet de cuivre, son filet d'eau qui glougloute.

Les gosses y déposent les bouteilles de limonade, se racontent leurs bêtises, leurs déconvenues, leurs blagues, se rafraîchissent, s'aspergent...La paisible fontaine est bien tentée de colporter quelques commérages : elle se contente de proposer sa fraîcheur et sa quiétude aux passants.

Un peu jaloux de cette complicité, je soupire :
-«Comme j'aimerais faire sa connaissance ! Oh ! Oui, cela me plairait tellement !»

Rythmés par les rires en grelots, les portes qui claquent, les cavalcades effrénées, les inévitables bagarres fraternelles, ces congés s'étirent à l'infini.

Pour se reposer de sa turbulente progéniture, la mère, à la fraîche, s'assoit sur le banc devant la porte : elle tape un brin de causette avec ses voisines.

Quand les loupiots s'effondrent, à côté de l'horloge qui égrène inéluctablement ses heures, je m'assoupis pour reprendre des forces avant le réveil en fanfare du lendemain.

Comme suspendus, ces trois mois d'été sont hors du temps. Bien à l'abri et bien au chaud, ce souvenir béni sera enfermé dans un précieux bocal.

Les fragrances de ce flacon seront diffusées de temps à autre à des périodes troublées.

Les dieux nous ont vraisemblablement octroyé cet intermède lumineux pour supporter les terribles épreuves qui allaient s'abattre sur nous sans prévenir...

Je m'en réjouis :
« *Oh fan* ! Je leur rendrais toujours grâce !»

L'été touche à sa fin...
les jours raccourcissent…
les nuits se rafraîchissent…
la rentrée des classes approche à pas de loup...

Ma famille se prépare pour un départ vers une contrée au-delà des mers -la lointaine Afrique Noire- contrée à la fois inconnue, inquiétante, attirante.

Jusqu'à la dernière minute, moi le meuble fidèle, je crois dur comme fer que je suis du voyage !

Quelle déconvenue ! C'est sans compter avec la distance et l'encombrement.

Le garde-meuble

Un beau matin, les meubles -tous les meubles sans exception- sommes entassés, parqués, calés au rez-de-chaussée : à côté de moi et dans le désordre, le lit, le canapé, les deux fauteuils en cuir, la table de la salle à manger, les armoires normandes, les tables de chevet, le reste du mobilier...

Dans ce fouillis, un immense miroir nous renvoie notre profonde mélancolie. L'horloge essaie tant bien que mal de nous tenir compagnie mais s'arrête rapidement. Des tissus dépareillés nous recouvrent, les volets en bois sont hermétiquement clos.

Quand la lourde porte d'entrée se referme, un soupir de désapprobation générale se fait entendre.

Pour nous, meubles abandonnés et désormais inutiles, la promiscuité, les bruits incongrus, la poussière sournoise, l'obscurité, le renfermé, les craquements bizarres, la solitude…

Pour les propriétaires de nos vies, le soleil, la mer, les réceptions, les mondanités, les serviteurs, le dépaysement, la maison coloniale, le voyage…

Alors, en état de quasi-sidération, je me mure dans un silence de plomb.

Un an plus tard, j'ai l'agréable surprise de revoir le dernier petit-fils renvoyé en France pour raison de santé. Le blondinet me rend visite avec son Pépé et sa Mémé. Autant ma joie est grande, autant mon inquiétude l'est tout autant. De plus en plus évanescent, *l'espéloufi* a toujours du mal à ouvrir sa bouche pincée pour avaler de bien maigres repas.

32

Vingt-quatre mois s'égrènent dans une grisaille désespérante jusqu'à ce jour du mois d'Août où je réalise que ma vie prend un nouveau tournant.

Je me retrouve dans un camion appelé de déménagement pour un périple sans fin en direction de la Capitale où mes patrons se sont installés lors de leur retour en France.

N'appréciant que modérément les cahots du voyage, je me sens cependant pousser des ailes : je vais revoir mes quatre jeunes !

4

A la Capitale

Je repère alors l'environnement de mes trois prochaines années.

Au milieu d'une végétation luxuriante, plusieurs immeubles composent une résidence paisible : des allées propres et bien identifiées, un accès sécurisé aux nombreux garages, les voitures circulant au pas, de multiples espaces de jeux...

Sur ce site où il fait bon s'ébattre, une foultitude d'enfants pratique en toute confiance du vélo, du patin à roulettes, de la marelle, de la corde à sauter, du jonglage, de la trottinette...

Surveillées depuis les balcons, les chères têtes blondes font de ce domaine leur terrain de jeux de prédilection après leurs devoirs scolaires. A quelques mètres de là, un bois en friche abrite des aventures fantastiques, des histoires imaginaires, des cachettes inimaginables, des cabanes de bric et de broc...Aucun adulte digne de ce nom n'a l'idée d'y mettre les pieds !

Dans l'appartement lumineux de ma famille recomposée, je suis installé dans l'angle droit d'une vaste salle ouverte. A l'opposé, un étrange appareil -un petit écran sans grande beauté- diffuse des images animées en noir et blanc. Deux gros fauteuils en cuir sont bêtement avachis devant la boîte à images. Une table rectangulaire prétentieuse est cernée par six chaises.

Pendant les repas, je retrouve l'ensemble de la couvée avec la mère maussade et les quatre petits à l'air malheureux.

En bout de table, un nouveau personnage -le père- sanglé dans un habit uniformément vert de gris, regarde avec dédain son environnement. Il tient à la main une longue badine flexible qu'il tapote avec nervosité et qu'il manie avec une extrême dextérité !

C'est pas possible, il a dû prendre des cours !

Malheur à celui ou celle qui renverse par inadvertance de la vaisselle ou qui parle à table sans en avoir reçu la permission ! Une volée de bois vert s'ensuit sans aucune forme de procès, d'interminables soliloques paternels recherchent les raisons de ces maladresses ou désobéissances enfantines.

Scandalisé, je m'indigne :

-«Oh ! Mais c'est une Terreur, cet homme ! Ordonner, vociférer, punir, fouetter, critiquer, dénigrer, rabaisser, c'est tout ce qu'il sait faire ! Ah ! La, la, mes pitchouns, je vous en supplie, ne le faites pas *marronner* !»

Dans la journée, les quatre descendants courent sans retenue. Mais comme par enchantement, leurs jeux cessent dès que la Terreur rentre du boulot.

Les drôles réussissent tant bien que mal à se construire une vie extérieure remplie de jeux variés et multiples, d'après-midi agréables, de camarades sympathiques. L'apprentissage laborieux du vélo, du patin à roulettes, de la trottinette donne lieu à des chutes mémorables, à des pantalons troués, à des cris de joie, à des genoux égratignés, à des rires en cascade...

38

Les jours de mauvais temps, la tribu en sortant le Monopoly se met dans une bulle.

Pendant des heures, les jeunes se consacrent à la partie en oubliant les deux adultes qui en sont exclus. Des cris, des applaudissements, des hourras ponctuent l'interminable jeu de société.

Malgré leur prudence, leurs efforts, leurs silences, les trois grands sont roués de coups à tout bout de champ. Les critiques incisives sont quasi quotidiennes. L'aîné en particulier qui est très exposé -Dieu seul sait pourquoi- devient querelleur à l'école et à la maison. En plus des *bacèous* et des raclées, le dénigrement est systématiquement appliqué aux filles.

Après tout, comme ce ne sont que des «filles», elles n'ont que ce qu'elles méritent, non ?

Au milieu de cette fureur, un matin froid d'un mois de Février, le fragile blondinet part en urgence à l'hôpital...Le plus sensible d'entre nous ne remettra plus jamais les pieds dans cette maison dérangée.

Désespéré, je ne peux que pleurer :
-«Comme il va nous manquer le petit dernier ! Qui va s'occuper de lui maintenant ? Pourvu qu'il ne prenne pas froid !»
Le Pépé (au téléphone) :
-«La vie ne sera plus jamais la même, sans le pitchoun !»

L'absence du petit frère puis sa présence oppressante : des cadres-photos poussent comme des champignons dans l'appartement !

Alors, moi le meuble, je remarque les trois aînés jouant à côté des cadres, les vois sourire au petit «ange» posé sur mon plateau, les entends expliquer leurs jeux au frère définitivement immobile...

Puis, les trois rejetons repartent à l'école, la mère s'habille de noir, le père met de la musique de *jas* à fond la caisse : une *cacaphonie* qui leur démolit les oreilles !

Rempli de compassion, je m'écrie :
-«Ah ! Si je pouvais les serrer dans mes bras en bois ! Je leur ferais retrouver la chaleur de ma forêt, je leur ferais écouter la complainte des saules-pleureurs, je ferais s'envoler leur chagrin, je leur permettrais de hurler, de crier..., Que sais-je encore !»

Indifférente, la vie reprend son cours : le retour du printemps, l'arrivée de l'été, l'automne et son cortège de feuilles mortes, de mauvais temps, d'une nouvelle rentrée scolaire. Pour couronner le tout, la mère endeuillée attend un nouvel enfant qui aura l'accablante mission de remplacer le petit disparu !

En Provence, les pluies sont cette année-là torrentielles. Dans la campagne des grands-parents, les ruisseaux se gorgent d'eau.

Les *estrangers* qui débarquent en masse pendant la belle saison ont poussé les élus locaux – pour les besoins en eau- à construire cinq ans plus tôt un barrage pharaonique en amont du village du Pépé et de la Mémé. Son ombre titanesque alimente les conversations dans les chaumières, les cafés, voire les terrains de pétanque !

A la fin novembre, de fortes précipitations métamorphosent le pittoresque village provençal.

La nature s'emporte. Les cours d'eau sortent de leurs lits naturels, envahissent les chemins, inondent la plaine agricole. Le vent entre dans une colère noire, souffle comme un dératé, déracine les arbres dans les cimetières, éventre des tombes centenaires. La mer obèse déborde sur la route touristique.

Le matin du mercredi 2 Décembre de l'an de grâce 1959, après ces deux jours de déchaînements, la bourgade se réveille lessivée.

Le ciel est redevenu serein, la tempête s'est éloignée mais l'eau continue de monter inexorablement !

La grand-mère (ce sera le dernier appel à sa fille parisienne) attrape le combiné :

-«Si tu voyais notre vallée ! Ça déborde de partout ! En plus, le petit ratier de Pépé s'est noyé ce matin !»

Ce soir-là, la nuit est noire, le ciel est de nouveau calme, la télé diffuse «La Piste aux Étoiles» pour les enfants qui n'ont pas classe le lendemain.

Aux alentours de 21 heures, les chiens hurlent à la mort ; exaspérés, ils courent comme des dératés et s'enfuient aux quatre coins du pays.

Trois minutes plus tard, un mur d'eau -un «Monstre» de soixante mètres de haut et pourvu de mille tentacules- surgit des entrailles de la terre, déferle à la vitesse vertigineuse de 70 km/heure dans un fracas assourdissant, fait trembler le sol de tous ses membres, se répand dans toute la plaine.

Le «Monstre» se moque des appels aux secours, des clameurs, des pleurs. Enchanté d'être libéré de ses chaînes de pierre, il rugit, gronde, écrabouille, accule même les plus petits des hommes dans les moindres recoins, décape les sols jusqu'à la roche, arrache les maisons comme des fétus de paille, fait de la bouillie avec les voitures, finit par s'attaquer au train !

Une fois sa tâche achevée, épuisé, à bout de forces, le «Monstre» se couche pour se transformer en un lac de boue.

On raconte aux trois petits-enfants parisiens que leurs grands-parents et leur oncle n'ont pas survécu.

Incrédules, les mômes refont l'histoire à l'envers : le «Monstre» va revenir au point de départ, remonter toute la vallée, rentrer dans la terre. L'eau va s'évaporer, les maisons se redresser, les habitants se recoucher, la vie reprendre comme si de rien n'était...

Mais les jours succèdent aux jours, une petite sœur pointe le bout de son nez quelques mois plus tard, un chien noir tout frisé débarque dans leur vie.…

Les procréateurs, des «gens biens» sous tout rapport (bourgeois, propres sur eux, bien sapés, fréquentant assidûment l'église, pratiquant l'aumône, faisant la morale...), poursuivent sans sourciller leur quotidienne foire d'empoigne.

La mère est régulièrement passée à tabac…Le père est copieusement insulté…Les rejetons reçoivent des dérouillées cuisantes...

46

Seul, le chien gentil et affectueux n'a pas une chienne de vie !

Me sentant une âme de fin psychologue, je hurle :
-«Oh! Ils sont vraiment *jobastres,* ces deux-là ! A mon humble avis, ils sont plusieurs dans leurs têtes et en plus, ils sont pas tous d'accord !»

Certains matins, je vois apparaître les gamins ensommeillés, la tête encore remplie de rêves : les grands-parents qui vont les prendre dans les bras, les faire sauter sur leurs genoux, leur donner de la limonade fraîche, leur faire passer de bien chouettes vacances…

Dans cette ambiance déchaînée, il y a quelques embellies.

Le père a parfois envie de partager avec deux de ses enfants le plaisir de circuler en scooter à Paris à la tombée de la nuit.

Les petits -installés l'un derrière et l'autre devant sur un tabouret- écarquillent les yeux devant les réclames clignotantes, les grands-magasins illuminés, les belles parisiennes aux chignons à plusieurs étages, la circulation grisante, les lumières de la ville…

D'autres fois, ce sera la visite du Salon du Jouet : leur ébahissement devant tous ces cadeaux fait plaisir à voir pour celui qui sait les regarder ! Un autre salon a la faveur des enfants : celui du Bourget et de ses avions rasant la foule pour terroriser les petits qui sont enchantés.

Mais ces intermèdes sont trop fugaces et mesquins pour s'imprimer dans leurs âmes violentées.

Quelques mois plus tard

La famille toujours endeuillée

qui reperd ses points de repère…

qui reperd ses voisins, ses relations...

qui reperd ses habitudes…

qui reperd ses camarades de jeux…

qui reperd son cadre de vie…

La drôle de famille

qui re-déménage

qui repart dans sa fuite en avant…

La famille violente

qui reprend l'avion…

qui retraverse l'océan…

Et les rives de l'Afrique Noire qui se rapprochent…

Le garde-meuble

Me voilà de nouveau abandonné dans un entrepôt !

Peu à peu, malgré la poussière, les odeurs de renfermé, la promiscuité, j'apprécie le calme et la solitude forcée : fini les coups de martinet, les pleurs, les hurlements, les supplications, les insultes, les médisances, la tristesse, la peur...

Démoralisé par l'absence des pitchouns, j'ai heureusement le mobilier de l'appartement parisien pour me tenir compagnie. Loin de l'ambiance familiale, je fais plus ample connaissance notamment avec les armoires anciennes de la chambre parentale : survivantes de la guerre, elles ont été retapées par l'autre grand-père.

Le temps passe, passe, passe jusqu'au jour où... je me retrouve de nouveau dans un camion en direction du Sud vers la deuxième ville de France.

5

Le Sud

Marseille met ses habits de fille pétulante pour nous offrir l'hospitalité : les *gabians* piaillent, le soleil est en surchauffe, les commères s'interpellent, la lumière est exacerbée, des odeurs soutenues nous prennent à la gorge...Marseille l'impudique ouvre son corps et son cœur sans retenue.

Dès notre arrivée à la Gare Saint-Charles, depuis son monumental escalier, j'aperçois *la Bonne Mère* qui, du haut de son rocher, veille avec bonhomie sur les habitants de la cité phocéenne.

L'immeuble où nous nous installons semble tristounet dans cette rue à l'ombre. Ce quartier derrière la gare se sent très éloigné de la mer et des particularités chatoyantes de cette ville du sud. L'appartement éprouve une sensation d'étouffement : dans la salle de séjour, une table orgueilleuse, un buffet bas et six chaises du même bois, les deux fauteuils avachis, la boîte à images...Comme il n'y a plus de place, je suis relégué dans la pièce où sont préparés les repas.

Chagriné, je marmonne :

-«AIE, aie, aie, aie, aie ! Je vais encore assister aux reproches, aux fessées culs-nus, aux coups de fouets, aux discussions sans fin, à la soupe à la grimace...

Je préfère cent fois quand les enfants se disputent : à côté, c'est de la roupie de sansonnet !»

Oppressé dans ce sombre logis, je me demande où se cache la ville à nulle autre pareille, l'agglomération aux mille visages, la truculente, la multicolore, celle qui ne laisse personne indifférent, celle qu'on aime ou qu'on déteste!!!

Dans cette habitation-placard, trop de personnes, trop d'objets, trop de tensions, trop de cris, trop de TOUT !!!

Entre les deux adultes de cette fichue maison, les paroles blessantes atteignent désormais des sommets insoupçonnés :

Pauvre fille, *Poufiasse*, Alcoolique, Frigide

Minable, *Pistachier*, Caractériel, *Couillon*, Fou

Nouille, *Bordille*, Hystérique, Bobonne

Raté, Connard, Fumier, Tocard, Abruti

Paysanne, Mégère, Merdouille

Sale égoïste

Triple buse

Une existence austère se met en place avec l'intégration des trois aînés dans des pensionnats religieux aux règles inflexibles : l'uniforme bleu-marine, le travail inévitable, le respect à la lettre des règles sous peine de sanctions, la pratique religieuse régulière et incontournable...Autant dire que la fantaisie n'est pas de mise dans ce type d'établissement !

Depuis leur retour d'outre-mer, les drôles de «parents» ont une vie sociale réduite au strict minimum : seules, des rares réunions familiales apportent une bouffée d'air frais.

Mais une fois les invités repartis, les règlements de compte sont sanglants entre les deux «grandes personnes» toujours en perdition.

Les jeunes poursuivent leurs songes éveillés : les grands-parents qui les dorlotent, qui leur construisent une balançoire en bois, qui leur permettent de grimper aux arbres..

Les ramenant à la réalité, je leur suggère :
-«Les mômes, si vous alliez la découvrir cette ville à la beauté si singulière, cette cité phocéenne vieille de presque 2600 ans ?

Les visites des monuments, des quartiers anciens, du fameux Vieux-Port, de la modeste Canebière -la plus belle avenue du monde!- de la corniche, des calanques rythment leurs jours de congé.
Les sorties-nature chez les scouts ou les guides, les bains de mer aussi nombreux qu'inoubliables occupent leurs loisirs.

La boîte à images peuple leurs jeudis après-midi avec ses séries télévisées aux aventures aussi diverses que variées : les épisodes de «Thierry La Fronde, de Rintintin, d'Au Nom de la Loi, des Incorruptibles, de Zorro» les font s'évader pour quelques heures.

A certains moments, sans prévenir, des souvenirs envahissent leur univers : les rangées de vigne, la vallée rose des grands-parents, les pêchers gorgés de fruits savoureux, le chaud soleil provençal, les cigales stridulantes...

Le réel revient aussi avec les obligatoires pratiques religieuses : la confession hebdomadaire, la messe tous les dimanches, les péchés, les flammes de l'enfer, le purgatoire, le Dieu qui punit, la communion, la culpabilité...

, J'entends alors les adolescents qui complotent, se concertent en douce avant chaque confession, se marrent sous cape pour mettre au point une liste imaginaire de péchés...

Et la fête de Noël comment se passe-t-elle dans cette lignée délirante ? Eh ! Bien, *la trêve des confiseurs* est appliquée méthodiquement.

Les disputes, les coups, les dénigrements, les insultes sont absolument proscrits le jour de la nativité de Jésus-Christ : sans crier gare, des cadeaux démesurés, chers, somptueux s'étalent dans toute la maisonnée !

Une balade dans les collines au-dessus de Marseille clôture cette journée de «Paix sur la terre aux hommes de bonne volonté !».

Cependant, l'horloge qui ne sait pas s'arrêter continue son avancée : le retour tendu en voiture, la mère crispée, les signes d'angoisse chez les quatre enfants, l'envie de *raquer* pour la brunette...Seul, le chien reste tranquille : il ne sait pas que demain sera un autre jour !

Les deux «empêcheurs de bonheur» retrouvent sans problème leur conflit, là où ils l'avaient laissé un jour auparavant.

Et chaque année, inexorablement, le même scénario se reproduit à l'identique !

Au milieu de cette construction déstructurante, la fratrie est parfois inondée par le souvenir vivace des grands-parents qui leur achètent des beaux vêtements, les grondent gentiment pour s'être cachés dans la cabane au fond du jardin, leur distillent de la tendresse par perfusion...

Cette félicité éloignée refait surface de temps à autre...pour quelques rares instants...

Tous les soirs, il y a aussi un joli moment de complicité entre les rejetons quand ils partagent avec la benjamine le sympathique feuilleton «Bonne nuit, les Petits !». Sur leur nuage, Nicolas et Pimprenelle –les principaux personnages– escortent sagement les pitchouns jusqu'à leur lit.

Comme un nouveau départ pour l'Afrique est encore à l'ordre du jour, on explique à la petite sœur le trajet en avion.

Alors, la minette recherche désespérément par le hublot les marionnettes Nicolas et Pimprenelle !

Pour moi le meuble délaissé, il y a du changement dans l'air.

Le garde-meuble

Moi, le buffet qui ne partage pas cette vie africaine, je suis confié à un garde-meuble au milieu des meubles locaux.

J'ai un peu l'habitude, je sais que c'est provisoire : alors je prends mon mal en patience...

Cette fois-ci, j'ai un peu plus de chance : le hangar qui nous abrite est situé au bord de la mer.

Le matin, je suis réveillé par le bruit du ressac, les cris aigus des *gabians*...Je ressens les parfums iodés, la chaleur réconfortante... J'entends le mistral qui siffle sous la porte... Sous le charme méditerranéen, je laisse de côté la poussière, l'obscurité, le manque de confort.

Pendant les deux années de cette séparation, n'ayant plus de sujets d'inquiétude, j'en profite pour reprendre entre outre de longues conversations avec les armoires normandes. Je réussis même à me faire des amis grâce à l'accent chantant que j'ai su apprivoiser !

Et, un jour …

Rentrée d'Afrique, ma famille toute bronzée réintègre son logement de Marseille.

6

Sur les bords de la Méditerranée

Moi, le meuble vagabond, je retrouve l'appartement-placard où je me transforme en observateur discret : une profusion de tableaux africains s'installe sans vergogne sur les murs du salon déjà fort encombré, un haut lampadaire sur pied se pose près de la boîte à images, un cendrier à poussoir dégage de bien désagréables odeurs de tabac froid, d'envahissantes plantes vertes grimpent jusqu'au plafond…

Dès mon arrivée, une désagréable surprise m'attend : au lieu des quatre rejetons, il ne reste que les trois filles !

Interloqué, je m'interroge :
-«Mais, où est donc le garçon, l'aîné de la fratrie ?

Au bout de quelques jours, grâce aux chuchotements de la gent féminine, je comprends que le jeune homme qui ne supportait plus les mauvais traitements est entré en rébellion. Bien mal lui en a pris ! Son émancipation irrévocable a été prononcée à 17 ans à peine bien loin de la majorité de 21 ans.

S'ensuit une époque tourmentée et saugrenue : les conquêtes féminines du patriarche qui se vantent sans aucune gêne, un ulcère à l'estomac qui fait tordre non de rire mais de douleur la matriarche, les silences assourdissants des demoiselles qui rasent les murs...

Après deux années de cette vie en *capilotade*, le militaire de père repart seul en Afrique, aux portes du désert.

Une nouvelle séparation se concrétise pour le «couple infernal» qui s'envoie des troublantes «lettres d'amour» !

L'éducation des trois filles dépend désormais de la maman inquiète et intransigeante. Intraitable sur l'observance des rites catholiques, elle interdit toute rencontre avec les garçons -considérés comme des dangers potentiels- (c'est seulement autorisé si un projet de mariage est prévu !). En pleine mode de la mini-jupe, la mère surveille de très près la longueur des jupes pour ses deux aînées !

Elle suit les adolescentes dans la rue, contrôle leurs fréquentations, ouvre leur courrier...

Je tâche de leur insuffler l'esprit de Mai 68 :
-«Eh, les mignonnes, si vous alliez faire un tour sur les barricades, dans les manifs ? Vous savez qu'il «est interdit d'interdire», qu'il faut «faire l'amour et pas la guerre» ...»

Mais le carcan des jeunes filles se resserre : les désirs de résistance étouffés dans l'œuf, la peur omniprésente, le mutisme dans le foyer...

Au milieu de la morosité ambiante, le retour non du «fils prodigue» mais du «père sordide» !

La Terreur reprend ses «bonnes habitudes» (sévices, insultes, polémiques, monologues…).

L'entourage -qu'il soit familial ou amical- détourne pudiquement les yeux, un sentiment de désespérance s'abat sur la maisonnée.

A travers ce programme de «folie ordinaire» qui s'implante en toute impunité, un délire me traverse l'esprit :

-«Ah ! Si je pouvais, je ferais un gigantesque feu d'artifice ! J'y mettrais dans le désordre, ce moche appartement, cet immeuble sombre, cette ville et son ironique soleil, cette mer faussement bleue, tous les marseillais, toutes les marseillaises, enfin la terre entière !»

Au milieu de ce désastre, un timide bonhomme de chemin se faufile : des examens universitaires, des premiers rendez-vous amoureux très discrets, l'entrée à la grande école pour la benjamine, le retour mouvementé du fils perdu, les tensions avec le père, les débuts professionnels de la mère dans une maison de retraite, le départ définitif du fils reperdu...

Parfois, le Pépé disparu s'invite dans les rêves de la brunette : le grand-père qui vole au-dessus de la bourgade reconstruite, qui la prend par la main, qui la fait ondoyer au-dessus des pêchers, qui lui dit au revoir en souriant...
Au réveil, la jouvencelle a la certitude que ses ancêtres cheminent à ses côtés.

Le départ à la retraite de la Terreur va déclencher une fracture dans ce foyer d'exaltés : une jeune maîtresse emmène le père à Paris et cette nouvelle vie raye de la carte les années précédentes.

Et s'ensuit le divorce d'avec sa première femme et d'avec ses trois nanas : la jetée aux oubliettes de ses stricts principes religieux !

La reine-mère déprime, les donzelles survivent, l'appartement ressemble à une coquille vide...

Dérouté, je me pose une question :

-«Et ma brunette, que devient-elle dans tout ça ? »

Elle poursuit des études passionnantes en Psychologie : à partir de travaux de groupe, elle est embringuée dans une fine équipe de trois filles et deux garçons. Pendant trois belles années, ils vont se soutenir, travailler, partager des moments de complicité. La jeune fille- dans cette période bénie qui est comme un ballon d'oxygène- se laisse porter.

Mais la vie pas très patiente va s'amuser à les séparer.

Alors, un peu plus tard, la brunette fait une rencontre : un homme «paraissant» prévenant, calme, gentil, avec sa famille installée dans une campagne accueillante du Sud-Ouest.

Un mariage précipité, la fuite en avant, l'installation à Aix-en-Provence...La jeune mariée décide de m'emmener avec elle : étant le seul meuble survivant de ses grands-parents, elle tient à moi comme à la prunelle de ses yeux !

Alors, enthousiaste, je formule le souhait suivant :

-«Une belle et longue vie !

Que du bonheur !

Et plein d'enfants autour d'elle...!»

Épilogue

Mais -parce qu'il y a un mais !- le conte de fées ne s'est jamais réalisé !

La jeune femme est ainsi tombée de *Charybde en Scylla* !!!

Mais c'est une tout autre histoire...

Glossaire

Peuchère : pitié, affection ou mépris

Le bulou : le fanfaron

Vé ! : pour attirer l'attention

Méfi ! : Attention, Gare !

Cagnard : chaleur caniculaire

Boudïou ! : Bon Dieu !

Carabistouille : mensonge, bêtise (belge)

Tourne-vire, vire-tourne : tourner en rond

Dégun : personne

Fan de chichourle ! : étonnement

Ficanasse : personne médisante

Oh fan ! : Eh bien

Espéloufi : maigrichon, gringalet, avorton

Marronner : faire enrager quelqu'un

Bacéou : Gifle

Jas : jazz

Cacaphonie : cacophonie

Estrangers : étranger

Jobastre : personne un peu folle (marseillais)

Gabian : goéland (marseillais)

La Bonne Mère : Notre-Dame-de-la-Garde

Poufiasse : insulte

Bordille : insulte

Couillon : bête

Pistachier : coureur de jupon

La trêve des confiseurs : période des fêtes de fin d'année où l'activité politique et diplomatique se ralentit

Raquer : vomir

Capilotade : très mauvaise situation

De Charybde en Scylla : de mal en pis

-«Le parler populaire de Provence»

Max Stèque Edisud

Table des Matières